자신의 무력함에 좌절하는 사람을 위한 책

# 오늘, 자신의 무력함에 좌절하는 사람에게

어느 오후 스쳐지나는 바람이 들려주는 이야기

프리드리히 지음

지성과문학

오늘, 자신의 무력함에 좌절하는 사람에게

어느 오후 스쳐지나는 바람이 들려주는 이야기

자신의 무력함에 좌절하는 사람을 위한 책

# 오늘, 자신의 무력함에 좌절하는 사람에게
# 어느 오후 스쳐지나는 바람이 들려주는 이야기

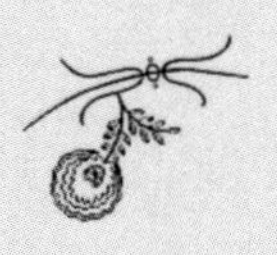

프리드리히

지성과문학

✲ 오늘, 자신의 무력함에 좌절하는 사람에게


1. 국가는 나를 보호하는가 11
2. 우리는 국가를 믿을 수 있는가 15
3. 우리는 국가를 위해 희생해야 하는가 19
4. 국가와 나, 무엇이 우선인가 23
5. 국가는 배반하지 않는가 27
6. 국가는 우리의 평등을 지켜줄 것인가 31
7. 국가를 어떻게 변화시킬 것인가 35
8. 권력은 왜 초라한가 39
9. 권력은 우리에게 무엇을 주는가 – 1 43
10. 권력은 우리에게 무엇을 주는가 – 2 47
11. 권력자는 뛰어난 자인가, 사기꾼인가 51
12. 우리는 조금 다른 권력자가 될 수 있는가 55
13. 우리는 권력 상태에 도달할 수 있는가 59
14. 부는 어디까지 윤리적인가 63
15. 부의 소유권은 누가 가지는가 67
16. 부와 빈곤의 적절한 차이는 어느 정도인가 71
17. 부는 선인가 악인가 75
18. 우리가 추구하는 것은 자신을 위한 명예는 아닌가 79
19. 명예에는 어떤 업적이 필요한가 83
20. 명예를 위해 사는가, 명예롭게 사는가 87

오늘, 자신의 무력함에 좌절하는 사람에게

어느 오후 스쳐지나는 바람이 들려주는 이야기

## 1. 국가는 나를 보호하는가

✲ 오래된 거짓말

국가는 [나]를 보호해 주는 권력 기관이다.
우리가 그를 위해 희생해야 하는 이유이다.

그러나 몇 가지를 제외하고 우리가 보호받는다고 생각하기 어렵다.
결정적 순간에 다수의 이익을 거론하면서, 약자를 외면하기 때문이다.
오래된 거짓이다.

## 1. 국가는 나를 보호하는가

✲ 어느 오후 스쳐지나는 바람이 들려주는 이야기

몇 명의 위대한 철학자도 비슷한 생각이지만
국가에 큰 기대 하지 않는 것이 좋다.

국가는 권력자 소수를 보호하기 위한
태생적 비평등적 권력 보호 기관이다.

그러므로 우리가 국가의 보호를 받으려면
최소한, 발언권을 가진 다수 집단에 속해야 한다.
즉, 우리가 국가를 만들었을 때의 계약 주체가 되어야만 한다.
문제는 소수 약자의 경우이다.
그들은 서로 단결하여 발언권을 가지는 상태가 되지 않는 한,
국가로부터 외면당할 수밖에 없다.
국가는 힘 있는 계약 당사자들을 우선하여 보호해야 하기 때문이다.
우리가 힘을 가지지 못하는 첫 번째 이유이다.

국가는 평등을 가장하여 평등을 해치는 공인 기관이다.
그에 합당하게 대우하고 기대하는 것이 좋다.

누군가 아무 이유 없이 자신을 보호해 줄 것으로 생각하지 않는 것이 좋다.
국가도 마찬가지이다.
국가는 약한 나를 절대 보호해 주지 않는다.
국가의 보호를 받으려면, 자신이 무력해지지 않으려면
국가를 구성하는 세부 조직에 힘이 미칠 정도로 강해져야 한다.

국가는 평등을 가장하여 평등을 해치는 공인 기관이다.

## 2. 우리는 국가를 믿을 수 있는가

✲ 오래된 거짓말

국가는 평등을 근거로 작용한다.
그래도 국가에 복종해야 하는 이유이다.

그러나 국가는 평등이 쉽게 성립되지 않도록, 이미 변질되어 있다.
위장된 평등, 불평등이 오히려 더 많아 보인다.
거짓이다.

✻ 어느 오후 스쳐지나는 바람이 들려주는 이야기

국가는 다수를 위해
소수를 억압할 수 있는 권리를 부여받은 것처럼 행동한다.
거짓 또는 기만이다.

국가는 비윤리를 윤리로 위장한다.
물론 그의 탓만은 아니다.
우리의 이기심도 평등을 원하지 않는다.

조건이 조금 나은 우리 동료 노동자조차 평등을 원치 않는다.
그들이 모여 구성된 국가가 평등에 있어 비윤리적인 것은 당연한 일이다.
약자들이 힘을 가지지 못하는 두 번째 이유이다.

우리가 평등을 행하지 않는데, 국가에 그것을 요구할 수는 없다.
불평등한 국가가 항상 이기는 이유이다.

국가는 힘 있는 자를 더욱 강하게
힘 없는 자를 더욱 약하게 만든다.
자신이 힘 있는 자가 되도록 모든 수단을 마련해야 한다.
무력함에 좌절하는 순간, 빠져나올 수 없는 구덩이로 떨어진다.

우리가 평등을 행하지 않는데, 국가에 그것을 요구할 수는 없는 일이다.

## 3. 우리는 국가를 위해 희생해야 하는가

### ✲ 오래된 거짓말

국가의 가치는 개인의 가치를 압도한다.
국가를 위한 개인의 희생은 영웅적 행동이다.

그런데 그 희생이 국가를 위한 것인지
소수의 기득권자를 위한 것이지 혼동된다.
거짓일 가능성이 매우 높다.

✽ 어느 오후 스쳐지나는 바람이 들려주는 이야기

우리 삶의 기본적 자유를 보장받기 위한 희생은
그 가치에 논란의 여지가 없다.
그러나 국가를 위한 희생에 대하여는 재고의 필요가 있다.
의심스럽기 때문이다.

평등을 목표로 하는 국가에 기생하고 있는
파렴치한 권력 근처의 기득권층을 몰아내야 한다.

그들은 우리의 희생을 먹이로, 사역 없이 배를 불리고 있기 때문이다.
국가는 그 명분을 거의 잃고 있다.
우리가 힘을 가지지 못하는 세 번째 이유이다.

전쟁에서 이기기 위해서는 명분이 확실해야 한다.
그 명분이 용기를 주기 때문이다.
그렇지 않으면 필패다.

사랑하는 사람들을 위한 희생은 얼마든지 가능하다.
하지만 그 희생이 파렴치한들을 위한 것이라면 절대 안 된다.
우리 희생이 파렴치한들의 더러운 미소로 녹아들어 가지 않도록
국가에 대한 의심과 감시를 게을리해서는 안 된다.
무력감이 어리석음에서 기원하지 않도록.

국가에 기생하고 있는 파렴치한 권력 근처의 기득권층을 우선 몰아내야 한다.

## 4. 국가와 나, 무엇이 우선인가

### ✲ 오래된 거짓말

국가 필요로 내가 존재하는 것이 아니라,
내 필요로 국가가 존재하는 것이다.

이 말은 원래 진실이지만, 지금은 거짓이다.
내가 주인이라고 하기에는, 국가가 너무도 제멋대로이다.

✲ 어느 오후 스쳐지나는 바람이 들려주는 이야기

국가의 주인은 내가 아니라, 국가를 운영하는 소수 권력 집단이다.
국가는 그들만 보호하면 된다.
우리는 기득권을 가진 집단에 머리 숙여, 자유를 구걸할 수 있을 뿐이다.

권력 집단은 계속 바뀌어 가지만
그들의 이기심은 바뀌지 않았고
결국 아무것도 변하지 않았다.

혹시 몇 사람의 깨어 있는 선지자가 있어도
다수 권력자에 의해 곧 제거당한다.
그들은 우리 민중을 하인 취급하면서
약간의 돈과 명예로 그들의 불만을 달래고, 이용한다.
우리가 힘을 가지지 못하는 네 번째 이유이다.

주인과 하인은 실질적 힘에 의해 결정된다.
주인이 되고 싶으면 힘을 키울 수밖에 없다. 우리도 별수 없다.

국가를 우선하고 자신을 무력하게 만드는 것은
포악하고 굶주린 호랑이에게 등을 보이는 것이다.
자신의 힘을 키워 국가의 주인으로 호령하려는 마음이 없다면
무력한 종으로 끝까지 좌절할 것이다.

권력은 계속 바뀌어 가지만 그들의 이기심은 바뀌지 않고, 결국 아무것도 변하지 않는다.

## 5. 국가는 배반하지 않는가

✲ 오래된 거짓말

국가는 변치 않는 충견같이 충실하다.
그는 우리를 배신하지 않을 것이다.

어떤 경우 사실이기도 했지만, 무언가 항상 부당함이 공존한다.
많은 부분, 거짓이다

✤ 어느 오후 스쳐지나는 바람이 들려주는 이야기

국가에는 고분고분 감사를 표하고, 그가 주는 대로 받아야 한다.
주인인 우리가 오히려 충성스런 신하가 되어야만 한다.
권력 집단에 조금이라도 해가 된다면, 국가는 즉시 약자를 배반한다.
물론, 국가는 그들을 위해 존재하므로 당연한 일이다.

국가의 다수 이익 목적 논리는
소수 약자끼리 서로 다투게 하여 그들의 단결된 힘을 빼앗으려 하는
강자들의 오래된 술수이다.

국가마저 믿을 수 없다.
우리가 힘을 가지지 못하는 다섯 번째 이유이다.

국가를 믿어서는 안 된다.
의심하고 감시하여 그에게 이용당하지 않도록 경계해야 한다.

국가는 다수의 이익 집단을 위해 존재한다.
그것이 국가의 존재 이유이기 때문이다.
자신이 다수의 이익 집단에 속하도록 최선을 다하는 것.
이것이 자신이 무력해지지 않는 최선의 방법이다.

국가를 믿어서는 안 된다. 의심하고 감시하여 그에게 이용당하지 않도록 조심해야 한다

## 6. 국가는 우리의 평등을 지켜줄 것인가

✽ 오래된 거짓말

국가의 생명은 처음부터 끝까지 평등에 있다.
그것이 무너지면 우리는 국가를 파괴하고 다시 세워야 한다.

국가는 우리에게 평등을 주어야 한다.
다른 것은 크게 바라지도 않는다.
그러나 국가는 평등보다는,
잘 이해되지 않지만, 소수 집단의 이익을 더 선호한다.
국가의 평등 원칙은 오래된 거짓이다.

✲ 어느 오후 스쳐지나는 바람이 들려주는 이야기

국가는 평등보다 사회적 총이익을 추구하는 시늉을 한다.
마치 국가의 목적이 다수 사람들의 최대 이익을 추구하는 공리주의를
실현해야 하는 것인 듯한 착각에 빠져 있다.

국가는 우리 모두가 평등하게 살아갈 수 있도록
계약에 의해, 우리에 의해 만들어진 기관이다.
그 역할이 무너지면 국가는 그 생명력을 잃는다.

평등을 제공하지 못하면, 더 이상 국가가 아니다.
곧 그는 이익 당사자를 위한 목적 집단으로 전락되어 버린다.
이는 우리 삶을 향상시키는 듯이 보이지만, 곧 나락으로 떨어뜨릴 것이다.
힘의 균형이 깨지면 억압, 폭력, 전복의 사슬과 그로 인한 비극이 시작된다.
잃어버린 평등을 지체 없이 재건할 필요가 있다.
우리가 힘을 가지지 못하는 여섯 번째 이유이다.

국가는 평등을 제공하는 듯하다.
그러나 교묘히 불평등을 정당화시킨다.

우리가 무력해지는 이유는 저항할 수 없는 힘에서 유래한다.
어떤 것도 저항할 수 없는 힘으로 작용하지 않도록
그 힘이 모든 이들에게 평등하게 작용하도록
그것을 요구할 자격을 잃지 않도록
목숨을 걸어야 할 것이다.

평등을 제공하지 못하면, 더 이상 국가가 아니다.

## 7. 국가를 어떻게 변화시킬 것인가

✲ 오래된 거짓말

국가는 민중과 함께 진화한다.
우리는 마음먹으면 국가를 변화시킬 수 있고, 또 변화시켜 왔다.

그러나 꽤 오랜 시간을 지켜보아도, 그는 평등의 진리 편에 서지 않았다.
우리 마음대로 할 수 없음이 틀림없다.
오래된 거짓이다.

✲ 어느 오후 스쳐지나는 바람이 들려주는 이야기

국가는 살아 있는 생명체가 아니다. 진화도 없다.
어느 순간, 우리에게 국가는 사라지기도 한다.
국가가 우리를 이용하듯이, 현명하게 우리도 국가를 이용해야 한다.
서로 바라지 않는 편이 좋다.

하지만, 국가를 포기할 수는 없다.
우리 모두를 보호할 유일한 방법이기 때문이다.
도대체 무엇이 국가를 진화, 변화시킬 것인가.

결국, 다시 처음으로 돌아가
우리 인간 일반의 이기심을 변화시키는 수 밖에 다른 방법이 없다.
이를 위해 이제 우리가 믿을 것은 이를 실현해 줄 강력한 철학밖에 없다.
우리는 그런 철학을 기다리고 또 만들어야 한다.
우리가 아직 힘을 가지지 못하는 일곱 번째 이유이다.

우리가 마음대로 할 수 없을 때는 다 그 이유가 있다.
보통, 그에서 벗어나는 새로운 대안을 찾는 것이 좋다.

국가는 본래 힘을 중심으로 하는 비열한 악당이다.
국가의 변화는 일찌감치 포기하고
사람의 이기심을 변화시키는 것이
그래도 세상에 무력한 나를 구제하는 현명한 방법이다.

오늘, 자신의 무력함에 좌절하는 사람에게

국가가 우리를 이용하듯이, 지혜롭게 우리도 국가를 이용해야 한다.

## 8. 권력은 왜 초라한가

### ✽ 오래된 거짓말

권력은 타자를 자기 뜻대로 움직이는 힘이다.
실제 삶에서도 그렇다. 권력을 취하려는 이유이다.

그런데 조금 시간이 지나 되돌아보면,
약자가 권력자 뜻대로 움직인 적은 거의 없었다.
흉내만 냈을 뿐이다. 권력의 힘은 거짓이다.

✻ 어느 오후 스쳐지나는 바람이 들려주는 이야기

권력이 할 수 있는 것은 의외로 크지 않다.
그리고 그 유효 기간도 매우 짧다.
인간이 자기 뜻대로 세상을 움직이고 싶은 욕구는 이해가 되지만
실제 세상은 강제적 힘에 의해 변화되는 것이 아니다.

세상을 변화시킬 수 있는 것은 우리 다수 [민중의 생각]뿐이다.
그리고 민중을 변화시킬 수 있는 것은 오히려 조용한 한 권의 책이다.

절대다수가 스스로 목숨을 버릴 수 있다고 느끼는
새로운 가치를 제시하는 숨겨진 한 권의 책, 그 속의 작은 생각.
이것이 진정한 권력이다.
이것이 탐욕스런 권력자와 다른 것은
자신이 아닌, 타인 절대다수의 평등적 권력을 희망하고 인도한다는 것이다.
위선적 권력자가 두려워하는 것도 물론, 이런 작고 허름한 한 권의 책이다.

권력을 너무 부러워할 것 없다.
자기 자리 유지하기에 급급한 모습은 우리와 다를 바 없다.

내 힘이 무언가 대단한 것을 할 수 있다고 착각하지 말라.
사람들은 거짓으로 고개 숙이고 있을 뿐이다.
약자가 무력함에 좌절할 필요 없는 이유이다.
대의를 위해서 무릎 꿇는 것을 두려워해서는 안 된다.
생각이 정의롭고 그것을 행동할 용기만 있다면
그가 바로 진정한 권력자이다.

오늘, 자신의 무력함에 좌절하는 사람에게

세상을 변화시킬 수 있는 것은 낡은 한 권의 책이다.

## 9. 권력은 우리에게 무엇을 주는가 - 1

### ✲ 오래된 거짓말

권력은 한마디로 [즐거움을 줄 수 있는 힘]이다.
그것이 우리를 권력으로 이끈다.

그러나 권력의 자리에 있는 자들에게서 즐거움의 표정은 잘 볼 수 없다.
거짓임이 틀림없다.

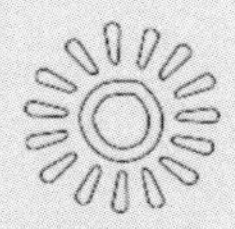

✻ 어느 오후 스쳐지나는 바람이 들려주는 이야기

권력 근처에는 즐거움이 아니라, 음울함이 먼저 눈에 들어온다.
권력은 혼자의 것이기 때문이다.
권력은 타자와 함께하는 즐거움에의 의지가 아니라,
자신 마음속 원하던 것을 이루고 유지하려는 혼자만이 은밀한 욕심이다.

즐거움이 사라진 권력은 힘이 없다.
즐거움은 타자와 함께하는 것이다.
어린아이처럼, 즐거움이 있는 삶이 훨씬 힘차다.

권력이 개입되면, 좋은 의도이건, 나쁜 의도이건, 음울함에 별 차이 없다.
작은 권력도 큰 권력과 그 양태는 비슷하다.
단언하지만, 우리 생에서 권력 따위는 필요 없다.
그는 우리 것을 빼앗아만 갈 뿐, 아무것도 주지 않는다.

권력은 우리에게 힘을 주는 만큼, 그대로 빼앗아 간다.
남보다 큰 힘을 가지려는 생각이 벌써 우리를 망가뜨린다.

힘을 가지면 즐거울 것으로 착각하지 말라.
그것은 스무 살 시절 달콤한 상상으로 충분하다.
힘과 즐거움은 공존할 수 없는 것.
모든 것이 의심스럽기 때문이다.
의심 속 즐거움은 거짓 연극과 다를 바 없다.
즐거움은 무력한 자, 무력(無力)을 선택한 자의 특권이다.

오늘, 자신의 무력함에 좌절하는 사람에게

남보다 큰 힘을 가지려는 생각이 벌써 우리를 망가뜨린다.

## 10. 권력은 우리에게 무엇을 주는가 - 2

✻ 오래된 거짓말

권력은 그것을 위해 희생했던 모든 것을 보상하고
다수 사람의 존경을 받는 명예를 줄 것이다.

그러나 실제 그 보상과 명예는 너무도 초라하다.
이미 아무도 그의 편이 아니기 때문이다.
거짓이었다.

✲ 어느 오후 스쳐지나는 바람이 들려주는 이야기

권력은 거의 아무것도 보상해 주지 않는다.
예상하지 않던 새로운 일들로 보상받을 시간도 없다.

권력을 얻은 자는 또 다른 욕심과 이기심에 바쁘고
보상받을 만한 시간을 낼 수 없다.

자신의 경험을 생각해보면 알 수 있겠지만
이는 누구에게나 거의 예외 없이 적용되는 허무함이다.
그런데, 만일 보상을 바라고 권력을 탐했다면
처음부터 그것은 자신 개인을 위한 일이었기 때문에
보상의 작고 의미 없음에 허무를 느낄 필요도 없을 것이다.
개별자를 위한 보상은 원래 허무하기 때문이다.
권력은 허무 이외에는 아무것도 주지 않는다.
민중을 위해 무언가 해보고 싶다면, 오히려 권력으로부터 멀어져야 한다.

즐거움은 같이 해 줄 사람이 있어야 한다.
이는 비슷한 친구가 있어야 가능한 일이다. 그런데 권력은 친구를 싫어한다.

사람들을 돕기 위해 힘을 가지려 한다고 말하지 말라.
거짓말이기 때문이다.
타인을 돕고 싶다면 지금, 무력함을 느낄 때 눈과 마음을 돌려
그들을 돕는 것이 좋다.
타인을 진정으로 도울 수 있는 유일한 때이기 때문이다.

사람들을 위해 무언가 해보고 싶다면, 오히려 권력으로부터 멀어져야 한다.

## 11. 권력자는 뛰어난 자인가, 사기꾼인가

✽ 오래된 거짓말

권력과 힘을 가진 자는 보통, 우리를 훨씬 압도한다.
그는 육체적, 지적 우월함을 가진다.

그러나 권력의 시기가 지나
그들의 정체가 드러나면, 특별한 것은 하나도 없음이 밝혀진다.
허위 또는 오류이다.

## 11. 권력자는 뛰어난 자인가, 사기꾼인가

✽ 어느 오후 스쳐지나는 바람이 들려주는 이야기

권력은 대부분 사기인 경우가 많다.
탐욕이 두려움을 압도한 자들일 뿐이다.
이는 우리의 평범한 삶에도 그대로 적용된다.

기득 권력의 최대 노림수는 사람들의 두려움이다.
그러므로 두려워하지 않을 수만 있으면
그들의 사기는 대부분, 곧 드러난다.

그들과의 기 싸움에서 지지 않기를 바란다.
과장된 모습으로 상대를 위협하면 우리는 대부분 고개 숙인다.
그러므로 두려움에 고개 숙이게 하는 자가
과연 그럴만한 자격이 있는지를 천천히 따져 보고, 그들의 약점을 역습하면
그들 대부분, 꼬리를 내릴 것이다.

권력이 사기라는 것은 너무 유명해서 모두 다 알고 있다.
그러나 권력에 가까이 가면 일부러 모르는 척 최면을 건다.

권력과 힘 있는 자들이
자신과 다른 무언가 대단한 것을 가지고 있다고 겁먹지 말라.
모두 위장술일 뿐이다.
날카로운 작은 바늘 하나로도 모든 허풍의 바람을 터트릴 수 있다.
자신을 날카롭고 예리하게 갈고 닦는다.
냉철하고 명철한 사고는  두려움 그리고 모든 것을 극복한다.

기독 권력의 최대 노림수는 사람들의 두려움이다.

## 12. 우리는 조금 다른 권력자가 될 수 있는가

✲ 오래된 거짓말

권력자는 무언가 중요한 역할을 하는 자이다.
그의 힘으로 사람들의 현재가 유지되기 때문이다.

힘이 생기면 모두 그렇게 생각한다.
하지만 시간이 지나 생각해 보면, 그의 일은 대부분 과장되어 있다.
우리 역사상, 권력자가 큰일을 하는 경우는 거의 없다.
권력의 특별함은 그 당시 겁쟁이들의 침묵으로
잠시 만들어질 뿐이다.
**자신은 조금 다른 권력자가 될 수 있을 것으로 생각하지 말라.**
오래된 착각이다

✻ 어느 오후 스쳐지나는 바람이 들려주는 이야기

보통, 기득권을 얻으면 자신을 특별한 자로 생각한다.
그래서 자신 이외에는 그 역할을 하기 어려울 것이라고 착각한다.
우리 대부분은 자신을 너무 특별한 자라고 생각한다.
확실히 그렇기는 하다. 그러나 그것은 존재의 다른 관점이다.

권력과 지위를 가지면, 자신만은 지금까지 비난받았던
다른 기득권자와는 다를 것으로 착각하지 않는 것이 좋다.

권력을 얻은 자의 생각과 행동에서
평범한 자가 할 수 있는 일과 다른 특별한 것은 하나도 없다.
다른 것은 그의 착각과 추종자들의 어리석은 충성심뿐.
그래서 권력은 항상 비정상적 충성심을 선동한다.

특별한 자는 특별히 나쁜 자와 비슷한 말이다.
자신을 특별한 자로 생각하지 않는 것이 좋다.

무력하지 않다는 것은 힘이 있다는 것이다.
바로 그 힘이 당신에게서 모든 것을 빼앗아 갈 것이다.
무력함이 나태함에서 온 것만 아니라면
아무것도 걱정할 것 없으니
시간이 모든 것을 해결해 줄 것이다.
무력은 극복의 대상이지 좌절의 대상이 아니다.

오늘, 자신의 무력함에 좌절하는 사람에게

특별한 자는 특별히 나쁜 자와 비슷한 말이다.
자신을 특별한 자로 생각하지 않는 것이 좋다.

## 13. 우리는 권력 상태에 도달할 수 있는가

✽ 오래된 거짓말

우리는 더 오를 수 없고, 더 바랄 수 없는 상태를 꿈꾼다.
최선을 다한다면, 그곳에 도달할 수 있을 것이다.

그러나 그곳은 인간이 도달할 수 없는 우주 저편에 있어
겨우 상상으로만 갈 수 있는 허상이다.
아주 오래된 거짓이다.

## 13. 우리는 권력 상태에 도달할 수 있는가

✿ 어느 오후 스쳐지나는 바람이 들려주는 이야기

권력의 성취는 신기루이다.
아무리 잡으려 해도 멀리 도망갈 것이다. 당연한 이치이다.
만일 권력이 꼬리를 잡히면 그것은 이미 권력이 아니다.
자신의 것으로 할 수 있는 권력은
폭력과 물리적 힘 같은, 초라하고 보잘것없는 것들뿐이다.
사람들이 진정으로 고개 숙이지 않기 때문이다.

사람에게 경외감을 주는 권력은 [허영]이다.
우리는 모두 비슷하거나 거의 같기 때문이다.

권력에 욕심이 있는 자는 결국 불한당이 될 수 있을 뿐이다.
권력을 유지시켜 주는 것은 볼품없는 물리적 힘밖에 없다.

타자보다 우위에 서려는 생각은 보통 순수한 어릴 때는 갖지 않는다.
어리석은 어른들이 모든 것을 망쳐 놓는다.

무력하지 않다는 것은 힘이 있다는 것이다.
바로 그 힘이 당신에게서 모든 것을 빼앗아 갈 것이다.
무력함이 나태함에서 온 것만 아니라면
아무것도 걱정할 것 없으니
시간이 모든 것을 해결해 줄 것이다.
무력은 극복해야 하는 대상이지 좌절의 대상이 아니다.

오늘, 자신의 무력함에 좌절하는 사람에게

권력에 욕심이 있는 자는 결국 불한당이 될 수 있을 뿐이다.

## 14. 부는 어디까지 윤리적인가

✱ 오래된 거짓말

부는 모두 윤리적이다.
부는 삶을 풍요롭게 해 주고 원하는 것을 소유하게 해 주기 때문이다.
가난하면 윤리가 무너진다.

그러나 차분한 6월, 초여름 오후,
시끄럽지 않은 한적한 교외에서, 조용히 생각해 보니
천하제일 부자가 가진 것이
산기슭을 천천히 걷고 있는 가난하고 소박한 농부가 가진 것과
그렇게 차이가 있는 것은 아니었다.
게다가 천하제일 부자가 가난한 농부보다 윤리적인 것도 아니다.
분명한 거짓이다.

✽ 어느 오후 스쳐지나는 바람이 들려주는 이야기

푸른 하늘과 산기슭 맑은 공기 아래, 부는 별로 소용없다.
부는 도시 자본주의 희생자에게 필요한 음습한 소유물이다.

부의 효용은 그것이 필요한 사람에게 나누어 줄 때, 비로소 발생한다.
부는 소유하는 것이 아니라, 공유하는 것이다.

인간이 가지는 부의 총합은 동일하므로
서로 공여한다면 세상은 살 만한 곳이 될 것이다.
어리석은 이기심이 부의 효용을 떨어뜨린다.
자신의 능력으로 부를 축적했다고 생각하지만
타인을 기만함으로써 얻은 부가 대부분이다.
더 낮은 가격으로 사람들에게 제공했어야 하는 것을
고가로 팔았기 때문이다.
적정 이상, 과도한 이익을 내는 행위 대부분은 사기에 해당한다.

부는 태생상, 윤리적일 수 없다.
윤리적일 수 있는 유일한 방법은 나중에 모두 돌려주는 것이다.

부는 대부분 법이 정하는 한도를 교묘히 이용해
다른 사람보다 먼저 효용 있는 것을 선점함으로써
얻게 되는 달콤하고 사악한 과실이다.
능력과 노력의 결과로서 스스로 그리고 타인에게 인정받지만
사실, 그 능력을 이용해 다른 사람보다 더 큰 이익을 독점하는 것,
이것은 도둑질 또는 사기와 크게 다르지 않은 일이다.
가난은 청빈의 자랑스러운 증거이다.

부는 도시 자본주의 희생자의 음습한 소유물이다.

## 15. 부의 소유권은 누가 가지는가

✽ 오래된 거짓말

부는 자본주의 이념의 정점이다. 개인의 무한적 소유를 인정해야 한다.
인류 발전을 위해 이는 신성한 것이며 반론할 수 없다.

하지만 일정 수준 이상의 부는 그것을 권력화한다.
일정한 풍요 이상의 부에 대한 개인의 소유권은 제한해야 한다.
무한 소유 인정은 오래전 바로 잡았어야 하는 심각한 착각이다.

✽ 어느 오후 스쳐지나는 바람이 들려주는 이야기

우리는 국가 이외의 다른 권력을 인정해서는 안 된다.
부는 세습의 준비까지 이미 마쳤다. 부의 권력화를 막아야 한다.
자신의 것이라고 마음대로 증여해서는 안 된다.
이는 모든 수단을 동원해서라도 반드시 막아야 할 것 중 하나이다.
평등의 진리에 위배되기 때문이다.

자신의 능력과 노력으로 본인이 누리는 부는 인정하지만
우리 민중을 위한 철학은 그 증여까지 인정하지는 않는다.

이에 대한 원천적 차단이 없다면
상식을 뛰어넘는 태생적 불평등이 민중의 가치와 질서를 파괴할 것이다.
평등을 해치는, 일정 수준 이상의 과도한 부를 인정해서는 안 된다.
부는 개인이 아닌, 사회 구성원 전체가 함께 만드는 것이기 때문이다.

재화는 공기처럼 무한하지 않아서 모두 같이 나누기 어렵다 생각하기 쉽다.
그러나 잘 생각하면 그렇지 않을 수도 있다.

부의 소유권은 자신이 만든 것만 허용할 수 있다.
그 어떤 경우에도 어떤 예외도 없이
자신의 부를 본인 외 타인에게 양도할 수 없다.
이는 우리가 무력해지지 않기 위한
국가가 할 수 있는 가장 쉬운 방법이다.
만일 국가가 하지 않는다면 우리가 모두 나서야 할 것이다.

부는 개인이 아닌, 사회 구성원 전체가 함께 만든 것이다.

# 16. 부와 빈곤의 적절한 차이는 어느 정도인가

✲ 오래된 거짓말

부와 빈곤의 원인은 서로 다르다.
잘만 하면, 부와 빈곤은 서로 도와가며 융합할 수 있다.

인간 일반 발전을 위해, 부의 역할은 분명히 있다.
그러나 둘의 차이가 과도해 지면, 모든 긍정적 효과는 무너져 내린다.
부와 빈곤의 조화는 숨겨진 음흉한 거짓이다.

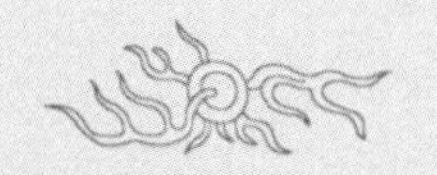

✲ 어느 오후 스쳐지나는 바람이 들려주는 이야기

빈곤이 부자의 탓은 절대 아니다.
인간은 서로 다른 능력을 갖추고 태어나고
그들이 만들어 가는 재화 양이 차이가 있는 것은 당연하다.

문제는 개인 능력 차 이상으로 벌어지는 과도한 재화 편중 현상이다.
이는 큰 자갈과 작은 모래가 분리되듯, 집단을 두 부류로 분리시킨다.

그러나 비가 오면 둘의 차이는 명확히 나타나서
큰 자갈과 작은 모래의 토양은 무너지고 비슷한 구성의 토양은 더욱 단단해진다.
어느 정도 작은 돌과 모래는 분리되지 않고 융합되어 단단한 토양을 구축한다.
살아 있는 국가라면 부와 빈곤의 격차가 너무 벌어지도록 방치해서는 안 된다.
국가가 하지 않으면, 민중이라도 나서야 한다.
그들을 포함, 우리 모두를 위해서이다.

보통, 우리는 도움받을 것이 없으면 무심해질 수 있다.
이는 오랜 후, 부와 빈곤의 차를 어디까지 인정할지의 기준이 될 것이다.

부와 빈곤의 적절한 차이는
그것으로 인해 타인을 두려워하거나 무시하지 않을 정도면 된다.
결국 부의 소유는 모두 크게 다르지 않아야 한다.
손해를 보는 듯한 생각이 드는 사람도
한 세대만 지나면 모두 동의할 것이다.

살아 있는 국가라면 부의 격차를 방치해서는 안 된다.

## 17. 부는 선인가 악인가

✿ 오래된 거짓말

부는 노동을 자극하고 삶을 발전시킨다.
자신이 원하는 재화를 제공하기 때문이다.

하지만 거짓이 아니기 위해서는 많은 조건이 필요하다.
이는 부의 진정한 의미를 지킬 때만 가능한 일이다.
부는 권력보다 큰 힘으로 사람을 무력하게 한다.

✲ 어느 오후 스쳐지나는 바람이 들려주는 이야기

부를 가졌다고 너무 좋아할 것 없다.
부를 가지지 못했다고 실망할 필요는 더욱 없다.
부의 진정한 의미는 재화를 이용해 기본적 의식주를 해결하고
남는 재화를 나누어, 부족한 이들을 돕는 것이다.

소박하게 먹고, 단정하게 입고
편안히 잘 수 있는 작은 공간만 있다면
그 이상은 모두 여분의 재화다.

부의 진정한 의미대로, 서로 나누지 않는 자들은
부를 가진 것이 아니라, 쓸모없는 금속과 종이 뭉치를 가질 뿐이다.
명석한 일은 아니지만, 본인이 노력한 결과이니 물론 관여할 수는 없다.
그러나 만일 과도한 양의 부를 증여하려 한다면
이는 국가의 자유, 평등 이념을 파괴하는 독재자와 다를 바 없는 범죄 행위이다.
증여가 가능할 정도로 자신을 특별하다고 생각하는 우를 범해서는 안 된다.
부의 소유는 본인에 한해, 엄격히 제한되어야 한다.

부는 일정 수준까지는 선이 악을 앞선다. 그 이상이면 반대다.

부가 선으로 작용하려면
과도한 부는 공동체 공유 재산이 되어야 한다.
소박하게 먹고, 단정하게 입고 편안히 잘 수 있는 작은 공간,
그 이상 부에서는 악이 선을 앞선다.
이를 지킨다면 무력감에 좌절하는 사람은 더 이상 없을 것이다.

소박하게 먹고, 단정하게 입고
편안히 잘 수 있는 작은 공간만 있다면
그 이상은 모두 여분의 재화다.

## 18. 우리가 추구하는 것은 자신을 위한 명예는 아닌가

✲ 오래된 거짓말

명예롭기 위해서는 자신을 향상하기 위해 노력해야 한다.
이는 나만의 고귀한 가치를 지니기 위함이다.

그러나 자신을 향상하기 위한 각고의 노력에도 불구하고
명예는 그렇게 쉽게 주어지지 않는다.
명예를 잘못 알고 있기 때문이다.
착각이었다.

✻ 어느 오후 스쳐지나는 바람이 들려주는 이야기

우리가 얻고자 하는 명예가
사람들로부터 [부러움]을 사기 위한 것인지 확인해야 한다.
명예란 대외적인 평판이나 자긍심이다.
명예가 자신을 위한 것이라면 더 이상 명예가 아니다.
명예는 그것이 타인에게 이익이 되는 어떤 것을 제공할 때
비로소 의미를 가지기 때문이다.

명예는 자신의 행위에 합당한 무형, 유형의 가치를
사람들에게 제공하려는 노력에 의해 탄생한다.

대외적 평판이나 자긍심을 얻으려고 자신을 가꾸고 향상시켜 얻을 수 있는 것은
명예가 아니라 대중의 부러움에 의한 [인기]일 뿐이다.
진정한 명예를 얻고자 한다면 잊지 말아야 할 일이다.

명예로운 자는 쉽게 탄생하지 않는다.
혹시 자신이 그렇다고 착각하지 않는 것이 좋다. 명예로울 기회를 놓친다.

자신을 위한 모든 일은 명예와 거리가 멀다.
자신을 위한 일을 애국심으로 위장하는 사람들에 속아서는 안 된다.
자신을 위한 일이 아니었다는 증거는
그가 현재 가지고 있는 부의 정도를 보면 된다.
다른 것들은 모두 말뿐인 위선이다.
별로 가치 없는 이기적 인간에게 무력감을 느낄 필요 없다.

명예가 자신을 위한 것이라면 더 이상 명예가 아니다.

## 19. 명예에는 어떤 업적이 필요한가

✲ 오래된 거짓말

명예를 위해서는 그에 상응하는 업적이 필요하다.
사람들이 경의를 표하려면 의심이 없어야 하기 때문이다.

그러나 뛰어난 결과를 얻은 사람이 꼭 명예롭게 생각되지는 않는다.
위대한 업적의 정복자도 명예와는 거리가 멀다.
명예를 위해 업적이 필요한 것은 아니다.
오래된 거짓말이다.

✻ 어느 오후 스쳐지나는 바람이 들려주는 이야기

명예의 역할은 사람들에게 인간적 삶의 가치를 제공하는 것이다.
이는 우리 [삶의 방향]을 제시한다.

그러나 업적은 삶의 방향이 아니라 삶의 결과물이다.
만일 명예가 업적과 결과물로 결정된다면
그것은 오히려 삶을 어지럽힐 것이다.

사람은 모두 달라, 동일한 삶의 결과물을 낼 수 없다.
명예의 역할은 누구나 따를 수 있는 삶의 방향을 제시하는 것이다.
링컨의 정직성을 존경하는 것이지 그의 직위를 존경하는 것은 아니다.
명예로운 삶은 업적과 무관하다.
업적이 없다고 명예를 포기하는 일은 없어야 한다.

오랫동안 성실한 삶, 용기 있는 삶을 살았다면,
누가 그것을 알아보지 못해도, 충분히 명예롭다.

무력함에 좌절할 필요 없다.
당신은 명예로울 수 있기 때문이다.
비록 눈에 띄는 성취나 결과물은 없어도
사람들의 삶의 방향만 제시할 수 있다면
당신은 최고의 영웅이 될 수 있다.
그리고 이미 가장 명예로운 영웅일지도 모른다,

오늘, 자신의 무력함에 좌절하는 사람에게

명예의 역할은 누구나 따를 수 있는 삶의 방향을 제시하는 것이다.

## 20. 명예를 위해 사는가, 명예롭게 사는가

✽ 오래된 거짓말

그날의 명예를 위해 오늘의 불명예는 어찌할 수 없다.
삶의 대부분 것을 배반하고 희생해야 명예를 겨우 얻을 수 있기 때문이다.

그러나 [그날]은 거의 오지 않는다.
빨리 눈치채야 하는 거짓이다.

✲ 어느 오후 스쳐지나는 바람이 들려주는 이야기

명예의 기준은 그 사회성과 지속성에 있다.
자신과 가족을 위한 희생과 사랑은 고귀하지만, 명예롭다고 하지는 않는다.
명예로운 삶은 자신의 대부분 것을 희생하여
인간 일반의 향상을 위해 노력하는 삶이다.
자신의 것 중, 물론 시간이 제일이다.
자신의 모든 재산을 어느 날 갑자기 기부했다고 명예로운 것은 아니다.
주위에서 명예로운 자를 쉽게 보기 힘든 이유이다.

어느 하루 명예로운 것과
오랫동안 명예로운 삶을 사는 것은 다른 일이다.
명예로운 삶이 숭고한 이유이다.

명예로운 삶은 어느 날 아침, 결코 얻을 수 없으니 오해하지 말 일이다.

명예를 위해 살면 사람들에게 인정받을 것이고
명예롭게 살면 자신에게 인정받을 것이다.

어느 날 갑자기 대단한 사람으로 둔갑한 자의 삶을 따르지 말라.
어린 시절, 젊은 시절 그리고 나이 든 모든 시간 속에서
명예롭게 살아 온 사람의 삶을 따르라.
그의 정직함을, 그의 성실함을, 그의 배려심을, 그의 정의로움을, 그의 도덕성을,
이 모든 것들에는 무력감을 느끼고 또 느껴라.

명예를 위해 살면 사람들에게 인정받을 것이고
명예롭게 살면 자신에게 인정받을 것이다.

오늘, 자신의 무력함에 좌절하는 사람에게
어느 오후 스쳐지나는 바람이 들려주는 이야기

✲ 오늘, 자신의 무력함에 좌절하는 사람에게


1. 국가는 나를 보호하는가 11
2. 우리는 국가를 믿을 수 있는가 15
3. 우리는 국가를 위해 희생해야 하는가 19
4. 국가와 나, 무엇이 우선인가 23
5. 국가는 배반하지 않는가 27
6. 국가는 우리의 평등을 지켜줄 것인가 31
7. 국가를 어떻게 변화시킬 것인가 35
8. 권력은 왜 초라한가 39
9. 권력은 우리에게 무엇을 주는가 – 1 43
10. 권력은 우리에게 무엇을 주는가 – 2 47
11. 권력자는 뛰어난 자인가, 사기꾼인가 51
12. 우리는 조금 다른 권력자가 될 수 있는가 55
13. 우리는 권력 상태에 도달할 수 있는가 59
14. 부는 어디까지 윤리적인가 63
15. 부의 소유권은 누가 가지는가 67
16. 부와 빈곤의 적절한 차이는 어느 정도인가 71
17. 부는 선인가 악인가 75
18. 우리가 추구하는 것은 자신을 위한 명예는 아닌가 79
19. 명예에는 어떤 업적이 필요한가 83
20. 명예를 위해 사는가, 명예롭게 사는가 87

어느 오후 스쳐지나는 바람이 들려주는 이야기

## 1

## 오늘, 사랑에 빠져 가슴 설레는 사람에게
## 어느 오후 스쳐지나는 바람이 들려주는 이야기

1. 사랑의 진정한 가치는 무엇인가　2. 사랑은 열정적이어야 하는가
3. 사랑의 묘약은 어디에 있는가　4. 사랑은 진리를 달성하게 하는가
5. 비밀은 사랑을 깨뜨리는가　6. 사랑은 공유하는 것인가
7. 사랑은 오랫동안 지속될 수 있는가　8. 사랑의 기술은 무엇인가
9. 사랑은 조건이 필요 없는가　10. 사랑은 아름다워야 하는가
11. 사랑은 주는 것인가　12. 사랑은 어떤 향기가 나는가
13. 사랑은 시간과 함께 쇠퇴하는가　14. 사랑을 위한 주의사항은 무엇인가
15. 사랑은 그렇게 즐거운 것인가　16. 사랑의 제 1 규칙은 무엇인가
17. 사랑은 징표를 남기는가　18. 사랑은 편안한 것인가
19. 사랑은 희생을 전제로 하는가　20. 사랑은 감성인가 이성인가

## 2

## 오늘, 자신이 자유롭지 못하다고 생각하는 사람에게
## 어느 오후 스쳐지나는 바람이 들려주는 이야기

1. 우리는 진정으로 자유로울 수 있는가　2. 자유는 투쟁하여 얻을 수 있는 것인가
3. 자유를 위해 필요한 것은 무엇인가　4. 우리는 정말 자유에 도달할 수 있는가
5. 자유로워 지려고 하는 이유는 무엇인가　6. 자유란 무엇인가
7. 자유를 위한 희생양은 누구인가　8. 우리는 자유롭고 또 편안할 수 있는가
9. 자유는 어디까지 해줄 수 있는가　10. 우리는 언제 자유로운가
11.자유로울 수 있는 조건은 무엇인가　12. 자유로운 시기는 언제인가
13. 우리는 자유에 대하여 무엇을 배우는가　14. 우리는 항상 자유로울 수 있는가
15. 이제, 자유의 억압 시대는 지나갔는가　16. 자유는 무엇을 주는가
17. 자유에 도달하는 비밀의 문은 있는가　18. 우리는 자유를 누릴만한가
19. 자유, 우리가 부끄러워해야 할 것은 무엇인가　20. 우리, 정말 자유를 원하는가

## 3

## 오늘, 세상의 부정의와 부도덕에 눈물짓는 사람에게 어느 오후 스쳐지나는 바람이 들려주는 이야기

1. 정의는 누구를 위해 존재하는가 2. 정의는 무엇을 할 수 있는가
3. 우리는 정말로 정의롭게 될 수 있는가 4. 정의란 무엇인가
5. 정의는 항상 우리 편인가 6. 정의는 악인가 선인가
7. 정의와 법 중 어느 것이 우선인가 8. 정의는 아직 살아 있는가
9. 정의는 변명될 수 있는가 10. 누가 게으른 정의를 깨우겠는가
11. 도덕이 우리에게 도움이 되는가 12. 우리는 도덕적인가, 어리석은가
13. 우리는 도덕을 지켜야 하는가 14. 우리는 도덕적으로 성숙한가
15. 힘 있는 자들은 왜 도덕적이지 않은가 16. 도덕은 어떻게 탄생되는가
17. 우리는 누구에게 도덕을 배우는가 18. 우리에게 도덕을 가르칠 수 있는 자가 있는가
19. 우리 교육은 도덕을 제대로 가르치고 있는가 20. 도덕 교육은 언제가 좋은가

## 4

## 오늘, 자신의 무력함에 좌절하는 사람에게 어느 오후 스쳐지나는 바람이 들려주는 이야기

1. 국가는 나를 보호하는가 2. 우리는 국가를 믿을 수 있는가
3. 우리는 국가를 위해 희생해야 하는가 4. 국가는 이대로 참을 만한가
5. 국가는 배반하지 않는가 6. 국가는 우리의 평등을 지켜줄 것인가
7. 국가를 이용할 것인가, 변화시킬 것인가 8. 권력은 왜 초라한가
9. 권력은 우리에게 무엇을 주는가 – 1 10. 권력은 우리에게 무엇을 주는가 – 2
11. 권력자는 뛰어난 자인가, 사기꾼인가 12. 우리는 조금 다른 권력자가 될 수 있는가
13. 우리는 권력 상태에 도달할 수 있는가 14. 부는 어디까지 윤리적인가
15. 부의 소유권은 누가 가지는가 16. 부와 빈곤의 적절한 차이는 어느 정도인가
17. 부는 선인가 악인가 18. 우리가 추구하는 것은 명예를 위한 명예는 아닌가
19. 명예에는 어떤 업적이 필요한가 20. 명예를 위해 사는가, 명예롭게 사는가

## 5

## 오늘 갑자기 신이 원망스러운 사람에게
## 어느 오후 스쳐지나는 바람이 들려주는 이야기

1. 신은 우리에게 꼭 필요한가 2. 신은 우리에게 무엇을 주는가
3. 신은 자비로울 필요가 있는가 4. 신에게 모든 것을 맡기면 되는가
5. 신은 평등을 원하는가 6. 신은 항상 우리를 돌보고 있는가
7. 신이 원하는 것은 무엇인가 8. 신은 이미 죽었는가
9. 신은 정말로 공평한가 10. 신은 우리를 사랑하는가
11. 신이 있는데 왜 모두 선하게 되지 않는가 12. 신은 악한 자를 정말 용서하는가
13. 신은 약자 편인가, 강자 편인가 14. 신은 우리를 위로해 주는가
15. 신이 우리를 창조했는가, 우리가 신을 창조 했는가 16. 우리는 신에 대하여 얼마나 알고 있는가
17. 신은 완전한 인간을 원하는가 18. 신은 아름다울 수 있는가
19. 신이 우리와 다른 점은 무엇인가 20. 신은 우리에게 무엇을 원하는가

## 6

## 오늘 갑자기 나란 존재가 무엇인지 혼란스러운 사람에게
## 어느 오후 스쳐지나는 바람이 들려주는 이야기

1. 존재는 죽음과 함께 소멸하는가 2. 존재는 시간에 부자유한가
3. 존재는 우열이 있는가 - 1 4. 존재는 우열이 있는가 - 2
5. 존재는 가벼운가, 무거운가 6. 존재는 어떤 색인가
7. 존재는 그렇게 허무하게 사라지는가 8. 존재가 드러내는 것들은 유인가 무인가
9. 존재로부터의 탈출은 가능한가 10. 존재와 무는 서로 대립하는가
11. 우리는 존재의 이유를 찾아야 하는가 12. 우리는 존재에 대하여 알고 있는가
13. 존재는 무엇을 통하여 인식되는가 14. 우리는 존재를 버릴 용기가 있는가
15. 존재는 우리에게 무엇을 주는가 16. 존재는 불변인가 항변인가
17. 존재는 가능인가 불가능인가 18. 존재는 누가 창조하는가
19. 존재는 불행의 근원인가, 행복의 근원인가 20. 우리는 실제 존재의 이야기를 듣는가

## 7

## 오늘, 무엇이 옳은 것인지 흔들리는 사람에게
## 어느 오후 스쳐지나는 바람이 들려주는 이야기

1. 진리는 언제 우리에게 다가오는가 2. 진리는 어디에 머물고 있는가
3. 진리는 무엇으로 판단하는가 4. 진리는 왜 침묵하는가
5. 진리는 정말 유익한가 6. 진리는 어려운 것인가, 쉬운 것인가
7. 진리는 항상성을 지니는가 8. 진리는 특별한 것을 주는가
9. 진리는 어떻게 전달되는가 10. 진리에 이르지 못하게 하는 것들 - 1
11. 진리에 이르지 못하게 하는 것들 - 2 12. 진리에 이르지 못하게 하는 것들 - 3
13. 진리에 가깝게 도달한 증거는 무엇인가 14. 진리는 우리에게 어떤 도움이 되는가
15. 진리는 무거운가 가벼운가 16. 진리는 시간에 따라 불변하는가
17. 진리가 지켜주는 것은 무엇인가 18. 진리에 도달하기 위한 마지막 관문은 무엇인가
19. 진리와 존재는 무엇이 더 중요한가 20. 진리에 도달하는 방법은 무엇인가

## 8

## 오늘, 세상의 불공정함으로 슬퍼하는 사람에게
## 어느 오후 스쳐지나는 바람이 들려주는 이야기

1. 평등은 우리에게 이익인가 손해인가 2. 평등은 자유정신을 억압하는가
3. 평등의 대상은 어디까지인가 4. 평등한 우리는 행복한가
5. 평등은 어떻게 유지되는가 6. 평등을 바라는 자와 바라지 않는 자
7. 평등을 향한 허영심 -1 8. 평등을 향한 허영심 -2
9. 우리는 평등을 누구에게 양보할 수 있는가 10. 우리에게 평등을 가르치는 자가 있는가
11. 평등과 신념은 조화로운가, 상충하는가 12. 완전한 평등은 가능한가
13. 평등은 아름다운가, 평범한가 14. 평등 속에 숨다.
15. 평등은 이룰 수 없는 꿈인가 16. 평등에 도달하는 방법은 무엇인가
17. 평등은 주어지는 것인가, 투쟁하는 것인가 18. 평등으로부터의 휴식은 가능한가
19. 평등에 동정이 필요한가 20. 우리는 평등을 존중하는가 경멸하는가

## 9

## 오늘, 죽음의 두려움이 밀려오는 사람에게 어느 오후 스쳐지나는 바람이 들려주는 이야기

1. 죽음을 연극하다 2. 죽음은 언제 시작하는가
3. 죽음의 범위는 어디까지인가 4. 죽음은 두려운 것인가
5. 죽음에 이르게 하는 것 6. 죽음을 피하기 위한 방황
7. 삶과 죽음의 경계는 어디에 있는가 8. 죽음이 부를 때 무엇을 해야 하는가
9. 죽음의 실체는 무엇인가 10. 죽음을 위한 연습이 필요한가
11. 죽음의 위력 앞에 무엇을 할 수 있는가 12. 우리는 죽음을 고귀하게 맞을 수 있는가
13. 죽음의 공포는 극복 가능한가 14. 죽음에 어떤 비밀이 있는가
15. 죽음과 이성은 서로 모순인가 16. 죽음은 어떤 가치를 가지는가
17. 죽음으로 잃는 것과 얻는 것은 무엇인가 18. 죽음의 비밀에 설레는가
19. 죽음이 변화시키는 것은 무엇인가 20. 죽음은 어떻게 시작되는가

## 10

## 오늘, 견디기 힘든 하루를 보낸 사람에게 어느 오후 스쳐지나는 바람이 들려주는 이야기

1. 비극적 확신 2. 삶의 혼동과 무질서
3. 예정된 삶의 위험성 4. 우아함의 소유
5. 우아한 자들의 악취 6. 예술적 관조의 공과
7. 의지의 분열 8. 의지 분열로부터의 출구
9. 나에 대한 오류 10. 어지러움
11. 억압의 수단 12. 위장된 도덕과 절대적 도덕
13. 파괴적 지식 14. 파멸의 징후
15. 삶의 오류에의 저항 16. 창조적 힘
17. 은밀한 의도 18. 철학적 사유의 빈곤함
19. 삶의 목적 20. 사람들의 소음

## 11

## 오늘 갑자기 내가 왜 사는지 의문이 드는 사람에게 어느 오후 스쳐지나는 바람이 들려주는 이야기

1. 묵언　2. 진정한 교육자
3. 교육의 역할　4. 우리 시대의 교육자
5. 통합 세계　6. 초자연 통합 세계
7. 마취된 세계로부터 깨어남　8. 박식한 학자들의 어리석음
9. 집합적 지식의 위험성　10. 존경하는 학자, 교육자들의 맹신
11. 사람들과의 관계　12. 가장 심각한 나태함
13. 절대적 강자, 삶의 인도자　14. 자아 상실자
15. 자신의 진정한 독립과 통일자　16. 고귀한 자의 특징
17. 강자들의 고귀한 사명　18. 고귀한 자와의 만남
19. 권력에의 의지로부터의 자유　20. 미(美)의 근원

## 12

## 오늘, 새로운 나를 만들려 시도하는 사람에게 어느 오후 스쳐지나는 바람이 들려주는 이야기

1. 이상의 세계　2. 제 3의 탄생
3. 세가지 발견　4. 음악과 감성
5. 감성의 창조를 위한 조건　6. 존재 탐구의 즐거움
7. 자기 인식의 문　8. 인식 철학의 위험성
9. 철학의 초보자　10. 미학과 아름다움
11. 인도자의 사유 창조　12. 우리 시대 문학과 철학의 착각
13. 세가지 작가 의식　14. 시인의 거짓말
15. 시의 본질　16. 즐거운 본능
17. 억압된 의지적 본능의 회복과 자유인으로의 탄생　18. 우리의 철학
19. 절대적 철학의 준비　20. 즐거운 지식

## 13

## 오늘 하루 종일 편안함이 그리웠던 사람에게
## 어느 오후 스쳐지나는 바람이 들려주는 이야기

1. 철학자들의 비밀 노트 2. 쾌활성과 명랑성
3. 명랑함의 표식 4. 젊음의 본질
5. 새로운 가치 6. 회복력과 항상성
7. 사유 통합에의 의지 8. 소극적 자유와 적극적 자유
9. 적극적 자유에의 방해물 10. 문명의 발전과 인간의 겸손
11. 시간으로부터 자유로운 존재 12. 절대 존재의 탐구
13. 연약한 철학 14. 위대한 철학의 탄생
15. 미(美)의 본질 16. 미의 세가지 원리
17. 위대한 정신의 탄생 18. 침묵의 효용
19. 시끄러운 침묵 20. 인식의 투명성

## 14

## 오늘, 세상에 대해 숨이 막힐듯한 답답함을 느끼는 사람에게
## 어느 오후 스쳐지나는 바람이 들려주는 이야기

1. 시간의 작용 2. 시간의 세가지 본질
3. 시간 유한성으로부터의 탈출 4. 시간의 1차, 2차 독립: 시간의 인식론적 사유
5. 시간의 무화(無化)와 존재의 불확실성(不確實性) 6. 변화 공간의 피안(彼岸)
7. 시간사유철학 (時間思惟哲學) 8. 시간과 존재의 역류(逆流)
9. 인식공간(認識空間)과 그 특성 10. 존재와 인식 공간
11. 인식 방정식 12. 통일 인식 공간
13. 사유의 범람과 새로운 질서 14. 새로운 질서로의 길
15. 억압으로부터의 자유 16. 억압적 질서의 해체를 위한 시도
17. 무질서(無秩序)의 자유정신(自由精神)을 위하여

## 15

오늘 아무것도 결정하지 못하고 밤을 맞은 사람에게
어느 오후 스쳐지나는 바람이 들려주는 이야기

1. 인식의 세가지 단계　2. 오인(誤認)
3. 수용적 변화와 창조적 변화　4. 반사회적 동물
5. 집단 중심적 삶의 세가지 과(過)　6. 인류 생존의 역사
7. 인식에서 행동으로　8. 비발디적 명랑함
9. 의지의 부정　10. 어리석은 현명함
11. 겸손의 문　12. 고귀한, 그리고 인간적인
13. 노예의 투쟁과 자유인의 투쟁　14. 의지의 변형과 통합
15. 자연 상태와 식물원　16. 신(神)이 사랑하는 자(者)
17. 존재(存在)의 실체(實體)　18. 참과 진리
19. 삶의 황폐함　20. 인도자를 위한 지식

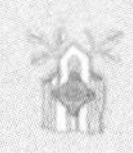

## 16

오늘 하루 종일 다른 사람 따라 하다 지쳐버린 사람에게
어느 오후 스쳐지나는 바람이 들려주는 이야기

1. 인간의 본성　2. 실존의 본질
3. 처세술과 심리학　4. 남성적인 취향
5. 인간적인 자의 특징　6. 도덕의 파괴, 그리고 재건
7. 실존 철학과 인식 철학　8. 사유(思惟)의 세계
9. 숭고한 자를 기다리며　10. 가치의 재건 그리고 자유 정신의 회복
11. 나태함과 무지함　12. 도서관속 위인들의 허구(虛構)
13. 삶에서의 창조의 의미　14. 삶의 성찰과 창조적 의지
15. 젊음의 위장술과 무의지　16. 새로운 탄생을 위한 준비의 시간
17. 신(神)의 본성(本性)　18. 신(神)의 부활

## 17

### 오늘, 이 생각 저 생각에 잠 못 드는 사람에게 어느 오후 스쳐지나는 바람이 들려주는 이야기

1. 지식의 공과 2. 진리에의 길 3. 자연스러움과 편안함
4. 알지 못하는 것들 5. 미래의 즐거움 6. 즐거운 삶
7. 즐거운 외로움 8. 목마름과 철학 9. 사려 깊음
10. 꽃을 보며 봄을 깨닫다 11. 삶의 세가지 즐거움 12. 바로 보지 못하는 것들
13. 선택 받는 소수 14. 과거를 창조함 15. 타자(他者)의 아픔
16. 최대의 적 17. 생각을 멈추다 18. 실패의 이유
19. 즐거움의 실제적 의미 20. 철학의 모순에 대한 책임 21. 공간적 사유
22. 삶의 평온함 23. 타인의 자유 24. 멈춤 그리고 천천히 봄
25. 존재의 수레 바퀴 26. 어둠에서 벗어나는 법 27. 끊임없는 자신을 향한 탐구 그리고 진리
28. 나이 듦에 대한 고찰 29. 침묵하는 다수 30. 실존과 투쟁
31. 숭고한 삶을 향한 모험

## 18

### 오늘, 약자의 우울에서 벗어나 편안해지고 싶은 사람에게 어느 오후 스쳐지나는 바람이 들려주는 이야기

1. 초라함 2. 아름다움 3. 설렘 4. 욕망
5. 혼돈 6. 불안 7. 흔들림 8. 중압
9. 자기 모순 10. 슬픔 11. 격정 12. 순수
13. 허무 14. 상심 15. 만족 16. 불일치
17. 외로움 18. 느낌 19. 고갈 20. 변심
21. 감성 대립 22. 비겁 23. 감성 나침반 24. 휴식
25. 감성 존재 26. 무력 (無力) 27. 불안의 이유 28. 망각을 위한 연습
29. 감정과 감성 30. 경멸 31. 인내 32. 불확실성
33. 희생 34. 자신답게 그리고 인간답게 35. 흐릿함 36. 조화

## 19

### 오늘, 자기 감정을 차분히 조절하고 싶은 사람에게<br>어느 오후 스쳐지나는 바람이 들려주는 이야기

1. 감성에서 타자(他者)의 역할 2. 감성의 지속 시간 3. 경이로움 4. 감성의 격류
5. 감성 기준 6. 감성 준비 7. 감성을 위한 연습 8. 치장
9. 감성적 시야 10. 그리움 11. 호기심 12. 호의
13. 친구 14. 시인들의 무덤 15. 감성적 설득법 16. 변명
17. 시기심 18. 우아함 19. 휴식의 유용성 20. 정신적 사기꾼
21. 변화에 대한 오류 22. 거절당한 자들의 이기심 23. 미소 24. 감성적 오류
25. 숭고함 26. 착각 27. 걱정 28. 무관심
29. 젊음이 잘 할 수 없는 것들 30. 우정 31. 변심 32. 역설
33. 함께 휴식할 수 있는 자 34. 모방 35. 고립 36. 정다움

## 20

### 오늘, 어느 젊은 날의 여름 감성을 다시 찾고 싶은 사람에게<br>어느 오후 스쳐지나는 바람이 들려주는 이야기

1. 조용한 휴식 2. 바람의 느낌 3. 가슴 뜀 4. 아침 노을 후에 5. 초승달의 슬기로움 6. 만듦
7. 비 오는 여름 늦은 오후 시샘 8. 돌아봄 9. 시간의 피안(彼岸)에 서서 10. 오후의 수목(樹木)과의 동화(同化)
11. 서두르지 않음 12. 작은 마음 13. 부동의 부드러움 14. 서늘한 여름 저녁 노을 같이 15. 지침
16. 작은 돌 위의 빗방울 처럼 17. 어둠 18. 어느 여름 아침의 강인함 19. 회복 20. 변화 21. 기다림
22. 어지러움 23. 비굴 24. 고독 25. 평온 26. 이중성 27. 어떤 두근거림 28. 힘듦 그리고 즐거움
29. 드러남 30. 허무 31. 충만 32. 겹침 33. 가벼움 34. 나른함 35. 상심 36. 무지 그리고 두려움 37. 혼동
38. 따뜻함 39. 허위 40. 길을 잃은 듯한 느낌 41. 생성 42. 투명함 43. 동경 (憧憬) 44. 망각 45. 서성임
46. 위로 (慰勞) 47. 아득함 48. 안심 (安心) 49. 시선 50. 진리 51. 그리움 52. 차가운 아름다움 53. 기억
54. 시간 느낌 55. 나를 느낌 56. 공평 57. 무색 (無色) 58. 으스름함 59. 의문 60. 미덕 (美德)
61. 중독 62. 비밀 63. 오인 64. 순수 65. 뜨거움 66. 경쾌함 67. 망설임 68. 한가로움 69. 무이(無異)
70. 정다운 가슴 뜀 71. 무력 (無力) 72. 자유로움

## 21

## 오늘, 세상의 불공평함으로 삶에 자신이 없는 사람에게
## 어느 오후 스쳐지나는 바람이 들려주는 이야기

1. 평등을 위해서는 냉철한 분노가 필요하다
2. 서로 같아지면 득실도 없어진다
3. 나 혼자 자유로운 건 오히려 슬픈 일이다
4. 서로 같음에는 그럴만한 대상이 따로 있지 않다
5. 평등을 가장하면 행복도 가장한다
6. 우월함으로 허영적인 인간은 사실 가장 노예적이다
7. 누군가에 평등을 맡기느니 신에게 목숨을 맡기겠다
8. 평등을 가르칠 수 있는 자는 신만큼 가치 있는 자이다
9. 행동하지 않는 평등은 복종하는 것이다
10. 평등은 인간이 할 수 있는 가장 신적인 일이다
11. 신이 평등이 아니라 평등에의 의지만 준 것은 의도된 것이다

## 22

## 오늘, 생각대로 자유롭게 살 수 없음을 상심하는 사람에게
## 어느 오후 스쳐지나는 바람이 들려주는 이야기

1. 자유는 그것을 필연으로 만드는 자에게만 허락된다.
2. 자유는 가슴 뛰는 위해 불편함과 노동을 일부러 선택하는 것이다.
3. 자유는 아무것도 해주지 않지만 의지가 가미되면 마법이 시작된다.
4. 자유의 땅에 도착하기 어려운 것은 잘못된 표지판도 한몫한다.
5. 자유의 정도는 그 선택의 숫자에 비례한다.

## 23

### 오늘, 부조리와 부당함으로 세상을 원망하는 사람에게 어느 오후 스쳐지나는 바람이 들려주는 이야기

1. 정의를 위한 첫걸음은 정의로 가장한 자들을 찾아내는 것으로 시작한다.
2. 세상 모든 남을 정의롭게 하느니 세상 모든 나만 정의로워지면 된다.
3. 자기기만을 자꾸 하면 어느 날 깨어났을 때 벌레가 되어 있을 것이다.
4. 도덕은 깨어있는 정신의 공존적 행복에의 의지이다.

## 24

### 오늘, 무언가 이루지 못해 슬퍼하는 사람에게 어느 오후 스쳐지나는 바람이 들려주는 이야기

1. 국가를 위해 개인이 희생하는 나라 중 퇴락하지 않는 나라는 없다.
2. 국가의 최대 역할은 힘의 균형을 맞추는 것이다.
3. 권력은 자신이 무섭다고 생각하지만 사람들은 우습다고 생각한다.
4. 진정한 권력은 중력과 같이 아무것도 없어도 만물을 다스린다.
5. 부자는 돈이 많다는 것, 그것뿐이다.
6. 부의 작은 특권은 악마도 천사도 될 수 있다는 것이다.
7. 명예를 위해 살면 명예롭지 않다.

## 25

## 오늘 갑자기 세상이 무엇으로 이루어져 있는지 궁금한 사람에게 어느 오후 스쳐지나는 바람이 들려주는 이야기

1. 존재의 세계

1-1. 존재의 선형 세계   1-2. [반존재]의 선형 세계   1-3. 존재와 [반존재]의 선형 세계

2. 의지의 세계

2-1. 의지의 선형 세계   2-2. [반의지]의 선형 세계   2-3. 의지와 [반의지]의 선형 세계

3. 인식의 세계

3-1. 인식의 선형 세계   3-2. [반인식]의 선형 세계   3-3. 인식과 [반인식]의 선형 세계

## 26

## 오늘 갑자기 세상 일의 원리와 근원이 궁금한 사람에게 어느 오후 스쳐지나는 바람이 들려주는 이야기

1. 수평적 평면 세계

1-1. 존재와 의지의 평면 세계   1-2. 존재와 [반의지]의 평면 세계

1-3. [반존재]와 의지의 평면 세계   1-4. [반존재]와 [반의지]의 평면 세계

2. 수직적 평면 세계

2-1. 의지와 인식의 평면 세계   2-2. 의지와 [반인식]의 평면 세계

2-3. [반의지]와 인식의 평면 세계   2-4. [반의지]와 [반인식]의 평면 세계

2-5. 존재와 인식의 평면 세계   2-6. 존재와 [반인식]의 평면 세계

2-7. [반존재]와 인식의 평면 세계   2-8. [반존재]와 [반인식]의 평면 세계

## 27

### 오늘 갑자기 내가 모르는 숨겨진 다른 세상을 알고 싶은 사람에게<br>어느 오후 스쳐지나는 바람이 들려주는 이야기

1. 인식 세계
1-1. 존재-의지-인식 공간 세계
1-2. [반존재]-의지-인식 공간 세계
1-3. 존재-[반의지]-인식 공간 세계
1-4. [반존재]-[반의지]-인식 공간 세계

2. [반인식] 세계
2-1. 존재-의지-[반인식] 공간 세계
2-2. [반존재]-의지-[반인식] 공간 세계
2-3. 존재-[반의지]-[반인식] 공간 세계
2-4. [반존재]-[반의지]-[반인식] 공간 세계

여덟 개의 세상

## 28

### 오늘 갑자기 자신을 매력 있게 만들고 싶은 사람에게<br>어느 오후 스쳐지나는 바람이 들려주는 이야기

명예 / 순수함 / 매력 / 어둠 / 배움 / 진실 / 자기 만들기 / 고귀함 / 어제 / 굳건함
숭고함 / 목표 / 행동 / 창작 / 자존 / 무심 / 기만 / 과거 / 배우 / 설득
자기 세계 / 개별 진리 / 겸허 / 학자 / 교제 / 평온함 / 탁월함 / 다름 / 유연함
자기철학 / 방향(芳香) / 숙독 / 제3의 탄생 / 확고함 / 겸손 / 자기 형상화 / 독서 / 동화 / 용기
청빈 / 가난 / 견지(堅持) / 먼 꿈 / 명랑함 / 젊음 / 공평 / 자유 / 쟁취 / 가라앉힘
냉철함 / 강함 / 수용 / 호감 / 가르침 / 고독 / 타인 행복 / 죽음 / 평온함 사람을 목적함 / 무질서적 다양함

## 29

### 오늘 갑자기 무엇을 목표로 살아야 하는지 알고 싶은 사람에게<br>어느 오후 스쳐지나는 바람이 들려주는 이야기

휴식 / 시간 모우기 / 오류 / 단념 / 돌아보기 / 수정 / 변화 / 단순함 / 정리 / 평온함 / 기다림 / 자유 / 또 다른 탄생 / 냉철한 분노
타인을 위함 / 감동 주기 / 존중 / 길 찾기 / 나 찾기 / 나 만들기 / 바라지 않음 / 변함없음 / 물러섬 / 자기창조 / 자유 주기 / 나눔
두려워하지 않음 / 세상을 바꿈 / 여유로움 / 현명하지 않음 / 어리석음 / 무향 / 오감 / 고개 숙임 / 깊음 / 탓하지 않음
사람을 움직임 / 나를 봄 / 옅게 화장함 / 다투지 않음 / 낮은 곳에 위치함 / 불평하지 않음 / 너그러움 / 자유를 줌 / 달을 봄 / 강함
/눈을 뜸 / 독립 / 멀리 봄 / 나를 바꿈 / 무아 / 개별 의지 /소탈함 / 다르지 않음 / 동질감 / 멈추지 않음 / 선한 강자 / 행동
한가로움 / 독창성 / 감성 / 자기 통합 / 매일 아침을 얻음 / 따라 하지 않음 / 정진 / 공평 / 선구자 / 행복을 줌 / 기다림 / 인지
의지(意志) / 숭고함 / 감내 / 회귀 인식 / 구별 / 방향 / 평가 / 멈춤 / 순서 / 서두르지 않음 / 드러냄 / 판단 / 시인 / 자전거 / 믿음
신뢰 / 적은 욕심 / 너그러움 / 이행 / 겸허 / 기세 / 작은 깨우침 / 흘려 보냄 / 진실 / 편한 마음 / 득실 / 욕심 줄이기 / 진실 /
앎 / 걱정하지 않음 / 마음에 두지 않음 / 거절 / 외로움 / 받아들임 / 여행 / 연민 / 실체 / 예비 /성숙 / 고귀함 / 자숙 / 시선
여정 변경 / 그만두기 / 편안함 / 모르기 / 알기 / 선택 / 거미줄 끊기 / 역설 이해 / 아님 / 오후 산책 / 따뜻함 / 긍정 / 지관(止觀)
비판하지 않음 / 탈바꿈 / 성공 / 같이 감 / 다름 / 동등감 / 실증 / 평범함 이해 / 단정(斷定)하지 않음 / 친구 / 기억 / 수레 타기
시작 / 젊음 / 이해 / 마음 두둑함 / 다시 시작

## 30

### 오늘 갑자기 자신의 지식을 깊은 지혜로 바꾸고 싶은 사람에게<br>어느 오후 스쳐지나는 바람이 들려주는 이야기

미소 / 꿈 찾기 / 가난한 부자 / 많은 것을 봄 / 자기 것을 봄 / 설렘 / 만족 / 감성 / 겸허 / 설득 / 자기를 키움 / 밝음
인간적임 / 돌진 / 표출 / 소년 / 강자 / 오래된 자기 / 잃지 않음 / 약자 / 해독 / 나를 믿게 함 / 안도감 / 납득 / 자기 노출
가식 / 자기 채우기 / 변심 / 자격 / 솔직함 / 나침반 / 감성 / 비웃음 / 탈출 / 감성 확장 / 자존감 / 자존감 버리기
인내심 / 오늘 / 작아짐 / 철퇴 / 자신다움 / 상심 / 호감 / 사람 지향 / 그릇 키우기 / 오래 달리기 / 아침 감성 / 평상심
오랜 경험 만들기 / 약간의 꾸밈 / 그리움 / 직시 / 멀리 가지 않음 / 반론 / 내일 / 존경 / 멋짐 / 감성 휴식 / 미로 탈출
자기 탈출 / 거절 / 자기 불평 / 수긍 / 비난하지 않음 / 원점 / 무심 / 본받음 / 빚음 / 친밀 / 변덕 / 만남 / 인연 / 인지
공정함 / 기분 전환 / 우울 치유 / 시련 / 역동성 / 숭고함 / 운명 / 평정심 / 실패 / 무소유 / 절망 / 결정 / 부동심 / 밝음
절망하지 않음 / 회복 /지각 / 슬픔 / 굴욕 / 고독 / 즐거움 / 묵언 / 꿈 찾기 / 자기 지배 / 극대 / 허무함 / 가치 기준 / 분리
비상 / 수수함 / 무심 / 투시 / 창작 / 겨울 / 후회 / 신을 자기 편으로 함 / 방황 / 기다림 / 무색 / 균형 / 먼지 / 감내 / 재연
등반 / 희망 / 도피 / 관조 / 진실 / 존재 / 의연함 / 적절함 / 정결함 / 후각 / 기품 / 치유

## 31

### 오늘 갑자기 오랜 시간 후 내게 무엇이 남을지 궁금한 사람에게
### 어느 오후 스쳐지나는 바람이 들려주는 이야기

일상 / 침착함 / 매력 /유혹 / 멋진 인정 /내면 /진화 /거래 /자질 / 방향(放香) / 무향 / 빛음 / 지성 / 깊음 / 보존 / 감내
주고받음 / 맞섬 /무감각 / 냉철함 / 뺄셈 / 덧셈 / 나눗셈 / 곱셈 / 도전 / 현실 / 오늘 / 깨달음 / 부자유 / 자유 사용 / 권리
생각 / 채비 / 자격 / 아우름 / 식별 / 결의 /외면 / 목적 / 유효기간 연장 / 근원 인식 / 경계 / 분노 / 징벌 / 불손 / 기개 / 공격
비범 / 자태 / 삼감 / 온화함 / 정결 / 실제 달라짐/ 행복을 배움 / 기억 / 합당함 / 기원(起源) / 구충 / 일임(一任) / 불신
분별 / 자리 낮추기 / 우울 치료 / 복원 / 손익 / 점등 / 담력 / 깨어남 / 평범 / 회복 / 자존감 / 공유 / 증여 / 부자
바라지 않음 / 자족 / 쌓기 / 명예 / 의욕 / 역할 / 자격 / 자기 발견 / 개별의지 / 독립 / 자립 / 인간다움 / 배신하지 않음
만족 / 인지 / 용기 / 선악 / 용서 / 굳셈 / 염치 / 사람의 행복 / 부족 수긍 / 평상심 / 구제 / 길을 찾음/ 자기 창조 / 묶음
속도 맞춤 / 비슷함 / 발견 / 동류 / 무중력 / 조색(調色)/ 선함 / 결행 / 가린 것을 거둠/ 무념 / 회귀(回歸) / 문제 / 실재
온화함 / 역경 / 진화 / 벗어남 / 대상 창조 / 자각 / 수수함 / 눈사람 / 납득 / 무익 / 개별 행복/ 무난함 / 자존 / 오만 / 책
기백 / 파괴/ 평온 / 묵언 / 나/ 탈출 / 순서/ 소설/ 사소함/ 지혜 / 자유 / 손익 계산 / 우정 / 생명 무차별 / 공평 / 정체
인간적임/ 내실 / 존경 / 어른 / 후퇴 / 악마의 꿈 / 더 수월함 / 자존감 / 공평 / 권리 / 동질감 / 배우고 익힘 / 냉철함
비슷함 / 가장하지 않음 / 함께함 / 선함 / 결의 /용서 / 필연 / 타인 지향 / 점잖지 않음 / 복종 / 경작 / 부자유
행복한 목표 / 의지 / 산책 / 저항 / 탁월함 / 지성 / 목표 수정 / 인지 / 올바름 / 독립 / 거부 / 활용 / 달관/ 성공 / 교만
부자 / 궤적 / 결정 / 행복한 죽음 / 무아 / 마중 / 기억 만들기 / 몰두 / 마음 먹기 / 준비 / 둘러맴 / 마무리 / 삶

**오늘, 자신의 무력함에 좌절하는 사람에게**

**어느 오후 스쳐지나는 바람이 들려주는 이야기**

개정판 ‖ 2021년 4월 30일

지은이 ‖ 프리드리히

펴낸곳 ‖ 지성과문학

가격 ‖ 15,000원

ISBN 978-89-98392-55-0 (03810)

오늘, 자신의 무력함에 좌절하는 사람에게
어느 오후 스쳐지나는 바람이 들려주는 이야기

자신의 무력함에 좌절하는 사람을 위한 책